Rosa contra los guarrocacas

Equipo editorial:
Editora: Ana M.ª Maestre Casas
Técnico editorial: Esther Martín González
Coordinación de producción: José Antonio Clares

Alhambra es un sello editorial autorizado de Pearson Educación

ISBN-10: 84-205-5185-6
ISBN-13: 978-84-205-5185-2
Depósito Legal: M-16565-2006

Impreso en España - *Printed in Spain*

Este libro ha sido impreso con papel y tintas ecológicos

Juan Carlos Chandro

Rosa contra los guarrocacas

Ilustraciones de
Guillermo Ferreira

PEARSON
Alhambra

Madrid - Londres - Nueva York - San Francisco - Toronto - Tokyo
Singapur - Hong Kong - París - Milán - Munich - México
Santafé de Bogotá - Buenos Aires - Caracas

Para Andrea

1. Ya estoy en tercero...

... y una de las cosas que más me ha impresionado de todo lo que nos han enseñado en lo que llevamos de curso es la vida y costumbres de los piojos, cucarachas, moscas y todos esos bichos de nuestro alrededor. Esos que, de repente, aparecen en nuestra cabeza, en nuestra casa o en nuestra comida. ¡Qué asco! A mí ya me daba repelús verlos desde lejos, pero cuando los vi por microscopio, tan feos y con todos esos pelos sin depilar, es que me recorrían escalofríos por las pantorrillas.

Mientras que el profe explicaba la lección, yo pensaba que el mundo

está mal hecho. ¿Por qué las cucarachas, en vez de ser tan feas, no son igual de pequeñas, pero con la forma de un perrito o de un gato o de un elefante? Así, cuando viéramos aparecer alguna por casa, en vez de darnos asco, nos llevaríamos una alegría. Le podríamos hacer una casetita con una caja de cerillas y darle de comer y todo.

O, si es mucho pedir que estos bicharracos sean bonitos, por lo menos podrían ser comestibles. Para una cosa que entra en casa gratis...

¿Os imagináis que los piojos fueran tan ricos como las chuches? Cada vez que hubiera una infección de piojos en el cole, los iríamos guardando y, cuando tuviéramos suficientes, haríamos una merienda para toda la clase.

Pero ya me estoy enrollando, como de costumbre. No sé por qué cuento esto, lo que yo quería contar es cómo, gracias a un trabajo de clase,

más
menos

mis amigas Andrea, Inés y Ruth y yo (que me llamo Rosa, creo que aún no lo había dicho) nos hicimos famosas en toda la ciudad.

A ver, a ver… ¿cómo podría yo comenzar la historia? Creo que lo mejor será que empiece explicando qué es lo que menos y lo que más me gusta del cole, porque esto es muy importante para entender lo que pasó.

2. Lo que menos me gusta del cole...

... y, con diferencia, es Narcisa la *Casiguapa* y su pandilla: Jonás *Superglú* y Tina la *Blandiblú*.

¿Que por qué me cae mal la *Casiguapa*? Os cuento:

Porque es una creída. Siempre anda mirándose en todos los espejos que ve. Y si no hay espejos, en los escaparates. Y si no hay escaparates, en su propia sombra.

Porque es una presumida. No hace más que hablar de lo cara que es la ropa que lleva, de lo fina que es su madre, del cochazo que tiene su padre y de lo ricos que son. Por cierto, yo conozco a sus padres y son tan presumidos como la hija. Me parece a mí que mucha de la culpa de que Narcisa sea así la tienen ellos...

Porque si llega a ser más cursi, nace con lazos rosas en vez de orejas.

Porque habla en cursinglés, que es una mezcla de inglés y cursilería. Como va a clases de inglés, para demostrar lo bien que conoce este idioma constantemente mete en sus frases palabras inglesas. Dice (lo escribo como suena): «qué *chu más*», en vez de «increíble»; «*sorri*» en vez de «lo siento»; «*plis*» en vez de «por favor»...

Bueno, lo cierto es que si sólo fuera por esto, la *Casiguapa* no me caería mal del todo. Sólo me daría risa. La verdadera razón por la que me cae mal es porque para sentirse superior no le basta con presumir, necesita creer que los demás son inferiores. Se pasa todo el día criticando, sobre todo a las niñas. Y con las que más se mete es con las más pequeñas y con las que tienen algún defecto. ¡Puaf!

De los otros dos de la pandilla poco tengo que decir. A Jonás le llamamos *Superglú* porque le gusta mucho la *Casiguapa* y siempre está pegado a ella riéndole las gracias.

Y la *Blandiblú*, la pobre, tiene menos personalidad que un caracol sin caparazón. O sea, que es un poco

babosilla. Su sueño es ser igual que la *Casiguapa* y la imita en todo: en la forma de hablar, de vestir, de moverse... y hasta de mascar chicle. Lo malo es que su familia tiene mucho menos dinero que la de Narcisa. Por eso su madre, que le compra la ropa en el mercadillo de los jueves, tiene que coserle en ella etiquetas de marcas buenas para que su hija pueda presumir de lo que no es.

Fijaos hasta dónde llega que, hace unos meses, vino un lunes a clase diciendo que había pasado el fin de semana en Disneyland París, y que lo que más le había gustado de Disneyland era la torre Eiffel.

La pandilla de la *Casiguapa* y la mía somos enemigas desde el curso pasado, cuando Inés llegó al cole.

Como era negra y no conocía a nadie, Narcisa y su grupo la tomaron con ella. Al pasar junto a Inés ponían cara de asco y no querían tocar nada que ella hubiera tocado. La pobre Inés lo pasó muy mal, había días que se quedaba en casa diciendo que le dolía la tripa para no ir al colegio. Las demás niñas no se atrevían a ser amigas de Inés, para que Narcisa y su pandilla no las criticaran, y porque entonces había muchas niñas que admiraban a la *Casiguapa* por lo bien que vestía.

Pero como Inés era muy buena, Andrea, Ruth y yo nos hicimos amigas suyas. Desde entonces, Narcisa y su pandilla nos cogieron manía. Nos

chinchan siempre que pueden y se pasan el día criticándonos, como si a nosotras nos importara.

Y ahora que ya he dicho lo que menos me gusta del cole, voy a contar lo que más me gusta, y así me quedo con buen sabor de boca.

3. Lo que más me gusta del cole...

... es Jacinto, mi profesor. Tiene más o menos la edad que mi madre les dice a sus amigas que tiene: unos treinta años, cinco años menos que mamá. Es delgado, lleva gafas y tiene los agujeros de la nariz en forma de cacahuete y con muchos pelos, unos días más largos que otros (yo creo que se los corta de vez en cuando).

La verdad es que Jacinto no es muy guapo, pero es majísimo. Siempre está sonriendo. Sonríe al explicar la lección, sonríe cuando nos la sabemos, sonríe cuando se le parte una tiza, sonríe cuando al borrar

la pizarra se le mancha la ropa de blanco...

Pero lo que más me gusta de él es la forma en que nos trata a nosotros. No es como otras personas mayores, que se comportan con los niños como si fuéramos personas de segunda categoría y nos hacen cosas que no se atreven a hacer a la gente de su misma edad: colársenos en la cola de la panadería, regañarnos sin conocernos de nada, cogernos de los mofletes... En fin, qué os voy a contar que vosotros no sepáis.

Jacinto no es así, él nos mira con respeto. Se preocupa por lo que sentimos, nunca dice que nuestros problemas no son importantes, y nos trata como si fuéramos responsables. Y nosotros, para que vea que somos tan responsables como él cree que somos, nos comportamos de forma responsable.

Yo no sé si éste es uno de esos trucos de profesor o realmente es tan majo como parece, pero lo cierto es que el truco (o lo que sea) funciona. ¡Con deciros que el *Pecas*, que el año pasado cateaba todas, este año está sacando unas notas estupendas!

Ponemos tanto interés en hacer los trabajos que Jacinto nos manda que, gracias a un trabajo de lengua, «comenzó mi carrera hacia la fama», como dicen los de *Operación Triunfo*.

4. El trabajo de lengua

Un lunes, hace más o menos dos meses, en clase de lengua, Jacinto nos explicó cómo se hace un anuncio. Estuvo casi una hora hablando, y no sólo del lenguaje de los anuncios, también nos explicó los trucos que se usan en la publicidad para convencernos de que compremos cosas que no necesitamos con las que podamos aparentar lo que no somos. Al final de la clase dijo:

—¿Qué os parece si el trabajo en equipo de esta semana es que cada grupo haga un anuncio?

Todos dijimos que sí con la cabeza, y algunos también con la boca. Jacinto continuó:

—Tenéis que elegir un producto y hacer un cartel con un dibujo o una fotografía y un texto breve. Aunque no tiene por qué ser un producto, también podéis hacer un anuncio a favor de una idea que os guste mucho o en contra de algo que no os guste nada. Y ya sabéis, lo importante es que quien vea el cartel se convenza de que tiene que comprar el producto anunciado, o de que la idea que defendéis es la correcta.

Narcisa, como casi siempre, levantó el dedo:

—¿Podemos hacer el anuncio sobre una persona?

—Sí, claro —dijo el profe—, eso se llama campaña de imagen y es lo que se hace para promocionar a un político o a un cantante, por ejemplo.

La *Casiguapa* y su pandilla empezaron a cuchichear. Esta vez fue Jonás quien levantó el dedo:

—¿Y podemos pegar los carteles que hagamos en las paredes del cole... y de la calle?

A Jacinto se le iluminaron los ojillos:

—¿Propones hacer una verdadera campaña? Me parece una excelente idea. Voy a hablar con el director para que ponga la fotocopiadora a vuestra disposición. El equipo que quiera puede hacer fotocopias de su

anuncio y pegarlo donde desee. ¿Quién sabe? Quizá alguno de los anuncios que hagáis consiga algún resultado. Puede ser una experiencia interesante, ¡je!

—*¡Fantastic!* —gritó la *Blandiblú*.

En ese momento sonó el timbre del recreo. Al pasar junto a mí, camino de la puerta, la *Casiguapa* me dijo:

—Vamos a hacer una campaña *increibol*, ya lo verás Rosita.

Y se alejó entre risitas con su pandilla. Yo les dije a Ruth, Inés y Andrea, con las que siempre hago los trabajos en equipo:

—Chicas, vamos a estrujarnos el cerebro bien estrujado. Tenemos que hacer una campaña mucho mejor que la suya para que no presuma tanto esa creída.

5. Estrujando el cerebro

En el recreo, en vez de jugar a la goma, mis amigas y yo nos sentamos en un rincón para pensar en el trabajo. Inés preguntó:

—¿A alguna se le ocurre sobre qué tema podríamos hacer la campaña?

Todas nos quedamos calladas, arrugando mucho la frente para pensar mejor. Al cabo de un rato, Ruth dijo:

—Tenemos que elegir algo que nos mole mucho-mucho, o que no nos mole nada-nada, así pensamos con más ganas.

—¡Me encantan los bocadillos de jamón! —solté yo—. Si supiera quién

los inventó, colocaría su póster en mi habitación, al lado de la fotografía del creador del parchís y un dibujo del inventor de los lápices de colores. ¿Y si hacemos una campaña a favor de los bocadillos de jamón?

Mis amigas movieron la nariz, parece que la idea no les gustó. Andrea dijo:

—A mí una de las cosas que más me molesta es cuando mis padres me dicen que me van a llevar a algún sitio y luego no lo hacen. O cuando me prometen que me van a comprar algo y no lo compran. ¿Hacemos una campaña para que los padres cumplan sus promesas?

—¡Pero eso es imposible de conseguir! —dijo Ruth, y todas estuvimos de acuerdo.

—¿Sabéis qué es lo que a mí me molesta mucho, pero mucho, mucho? —preguntó Inés, y se contestó a sí misma—: Que mis padres me comparen con otros niños. Siempre me están comparando con los hijos de los vecinos, con mi hermana y hasta con ellos mismos cuando tenían mi edad. ¿Hacemos una campaña para que los padres dejen de compararnos?

—Eso todavía es más difícil de conseguir —dijo Ruth—, es como pedirle a mi perro que no haga caca.

Al oír lo del perro, me acordé de algo que me pasó unos días antes:

—A mí lo que me da mucha rabia —dije— es la gente que va al parque con el perro y no recoge sus cacas. El otro día pisé una con mis zapatos azules, esos que tienen la suela llena de rombos, y tuve que estar media hora con un palito limpiándola.

—Es verdad —dijo Andrea—, y los peores de todos son los que dejan que su perro haga caca en el césped y no la recogen. No te puedes ni tumbar a gusto. ¡Y hay que sentarse con un cuidado!

—Me gustaría tener palomas amaestradas —dijo Ruth—, para que cuando alguien deje tirada la caca de su

perro, vuelen por encima de él y, ¡plof, plof, plof, plof!, le manchen toda la cabeza. ¡Hala!

Todas nos reímos. ¡Esta Ruth tiene cada ocurrencia!

—Lo malo es que el trabajo no consiste en amaestrar palomas, sino en hacer una campaña. Entonces, chicas, ¿hacemos una campaña para

conseguir que la gente recoja la caca de sus perros? —propuse—. La que esté de acuerdo que aplauda con las orejas.

Todas movimos las orejas con los dedos: el tema de la campaña estaba decidido.

Mientras aplaudíamos, se acercaron hasta donde estábamos la *Casiguapa* y su pandilla. Mala señal,

porque nunca hablan con nosotras, salvo cuando quieren cotillear o chincharnos.

—¿Ya habéis pensado sobre qué vais a hacer la campaña? —preguntó la *Blandiblú*.

—Todavía no —mintió Andrea, hizo bien, como dice mi abuela: «A quien todo quiere saber, poco y al revés».

—Nosotros vamos a hacer una campaña para que Narcisa sea la niña más famosa del cole —dijo Jonás.

—Claro que *yes* —continuó la *Blandiblú*—, haremos carteles con fotografías de Narcisa vestida con su mejor ropa y los pegaremos por todas partes. Ya hemos pensado hasta lo que vamos a poner.

—Dentro de poco me conocerán en toda la ciudad —presumió Narcisa—. La gente me mirará al pasar, las niñas querrán vestir como yo, Jacinto se sentirá orgulloso de ser el profesor de la chica más famosa del cole... Seguro que hasta me hacen una entrevista en

Teleadosado, el canal de mi urbanización. Va a ser *chu mas*.

—Pero ¿para ser famosa hay que hacer algo importante, no? —preguntó Inés.

—¡Qué va! —dijo Jonás—. ¿Es que tú no ves quién sale en la tele? ¡Venga, chicas, vámonos, que tenemos mucho que hacer!

Y, sin despedirse siquiera, dieron media vuelta y se marcharon dando saltitos. Nos dejaron con la boca tan abierta que casi se nos caen los chicles. Cuando conseguimos cerrarla, decidimos que cada una iba a pensar por su cuenta ideas para la campaña y que, al día siguiente, elegiríamos las mejores entre las cuatro.

6. ¿Puedo hacer una pregunta?

Esa tarde, después de hacer los deberes, fui a la sala con mis padres, que estaban viendo su concurso de televisión favorito. A mí lo que me interesaba era ver los anuncios, por si me daban alguna idea. También quería preguntarles a mis padres por qué compraban tantas cosas que luego apenas usaban. Si me contestaban, quizá podría aprender algo que sirviera para nuestra campaña. Y, de paso, comprendería uno de los grandes misterios de la vida de los mayores. Carraspeé y dije:

—Mamá, ¿puedo hacerte una pregunta? ¿Por qué te compraste ese vestido verde pistacho con flores rosas que nunca te pones?

—Ya te contesto yo, hija —saltó mi padre—: se lo compró porque es de la marca que anuncia Marilyn Pérez, la protagonista de esa serie que tanto le gusta a tu madre. Se creía que el vestido le iba a quedar tan bien como a Marilyn, aunque tu

madre pese diez kilos más y tenga diez años más que ella.

¡Huy, huy, huy! Mi padre tenía uno de esos días torcidos. Suele ocurrir cuando le han echado una bronca en la oficina. Luego, trata a los demás como sus jefes lo han tratado a él. Menos mal que se le pasa enseguida. A mamá no le gustó lo que había dicho papá, y pasó al contraataque:

—No me hagas hablar, Agustín, no me hagas hablar. Vamos a ver, ¿tú por qué compraste ese coche tan grande y tan caro, si con uno la mitad de pequeño teníamos bastante? Ya te lo digo yo, porque quieres aparentar que ganas más de lo que ganas y porque te crees que conduciendo un coche bueno y potente eres mejor y más poderoso.

—No me tires de la lengua, Camila, que nos conocemos. Dime, anda, ¿por qué te gastaste un dineral en esa *Enciclopedia de las plantas carnívoras* a la que ni siquiera le has quitado el celofán? ¿Porque te interesan las plantas carnívoras? No. Porque al comprarla participabas en el sorteo de un viaje al Caribe.

—Por lo menos participé en un sorteo —dijo mamá—. Pero tú te gastaste hace un mes treinta euros en un frasco de colonia sin ni siquiera olerla y luego no te has echado ni una gota de lo que apesta. ¿Y por qué la compraste? Sólo porque te gustó el nombre: *Muchomacho*. Si digo yo...

¡Uf! Y todo por una preguntita de nada. Si es que hay preguntas que son como la mecha de un petardo. La enciendes y ¡PUM! Por suerte, en la televisión echaron un anuncio en el que sale el futbolista preferido de mi padre y una de las cantantes preferidas de mi madre y los dos se callaron para verlo.

Yo estuve un ratito más viendo anuncios y me subí a mi cuarto para pensar mientras me comía un bocadillo de jamón, que es lo que más me ayuda a concentrarme.

Después de lo que Jacinto nos había explicado, de ver un montón de anuncios y de la conversación con mis padres, me había quedado claro que la publicidad trata de convencer a la gente de que compre un produc-

to. Aunque valga mucho más caro que otro igual de bueno pero de diferente marca. Incluso si ese producto no se necesita.

¿Y de qué forma consigue que la gente se gaste el dinero, con lo que cuesta ganarlo?

Pues utilizando un montón de trucos para convencer a las personas de que si compran ese producto, van a ser más felices, o van a parecer más finos y más elegantes de lo que son. Como le pasa a la *Casiguapa*, que se cree que por usar ropa cara vale más que los demás.

Alguno de esos trucos son decir mentirijillas, usar a famosos en los anuncios, que el producto ese tenga un nombre molón... También ayuda regalar algún que otro premio.

Sí, esto lo tenía claro. Pero ¿cómo podía usarlo en nuestra campaña para que la gente recoja la caca de su perro?

Tenía que seguir pensando...

7. La campaña

El martes, mis amigas y yo nos reunimos en la casa de Inés para empezar con nuestra campaña. Les conté lo que había pensado y todas estuvieron de acuerdo conmigo. Como siempre en los trabajos que hacemos en equipo, la que más piensa soy yo.

Llegamos a la conclusión de que si queríamos que nuestra campaña funcionara, necesitábamos un buen nombre, hacer un cartel chuli, conseguir que algún famoso participara en ella y organizar un concurso con premio.

Empezamos con lo del nombre. «Los que no recogen la caca de su perro» es una frase larga, teníamos que buscar una palabra que significara eso mismo y que llamara la atención. Dijimos en voz alta todas las palabras que se nos ocurrieron:

—¡Pringasuelas!

—¡Cagarrutos!

—¡Zurulleros!

—¡Boñigos!

—¡Guarrocacas!

La que más nos gustó fue «guarrocacas», ya teníamos el nombre. Íbamos a hacer una campaña contra los guarrocacas. Ahora necesitábamos dibujar un cartel para pegarlo en las paredes.

—Vamos a pensar con orden, chicas. ¿Qué es lo que queremos decir en el cartel? —preguntó Ruth, porque en los trabajos en equipo yo seré la que más piensa, pero Ruth es la que más manda.

—Que los que recogen la caca de su perro, o sea, los guarrocacas son unos cochinos… aunque no lo parezcan —contestó Inés.

—Es verdad —dije—, yo siempre me fijo en un señor que saca a pasear su perro por el parque. Va muy bien vestido con traje y corbata, pero nunca recoge las cacas.

NO SE FÍE DE LAS APARIENCIAS

¡ ESTE SEÑOR ES UN GUARROCACA !

SI NO RECOGE LA CACA
DE SU PERRO, SEGURO QUE LLEVA
LOS CALCETINES SUCIOS.

—Yo también me he fijado en ese señor —dijo Andrea—. Al verlo pienso: «No sé para qué se toma tanto trabajo poniéndose elegante, para luego demostrar que es un cochino. Y si es cochino, seguro que, por muy limpio que vaya por fuera, la ropa que no se ve la lleva sucia y sudada».

—Pues ahora vamos a pensar cómo podemos decir todo eso con muy pocas palabras en un cartel —dijo Ruth.

Después de darle muchas vueltas, hicimos un cartel, utilizando como modelo al guarrocaca de la corbata. El dibujo lo hizo Andrea, que va para artista, como su madre.

He hecho una fotocopia reducida del cartel para que lo veáis.

8. Veintitrés

En el cole sacamos fotocopias del cartel y, después de merendar, fuimos a pegarlos. Nos dimos cuenta de que hacer la campaña por toda la ciudad iba a ser demasiado, y decidimos hacerla sólo en el parque donde juga-

mos. Pero antes de pegar carteles debíamos contar todas las cacas de perro del parque (las frescas, claro; las cacas del día). Al acabar la campaña, volveríamos a contarlas. Si había menos cacas recientes que antes de empezarla, la campaña habría sido un éxito.

Echamos a suertes quién tenía que ser la cuentacacas. Me tocó a mí, y si queréis que diga la verdad, me divertí contándolas. Yo nunca me había fijado mucho en las cacas de perro, siempre que veía alguna volvía la cabeza porque me daban un poco de asco, pero al tener que contarlas me di cuenta de que las cacas de perro

son un mundo. Las hay de todos los tipos: en forma de cucurucho, de torre de catedral, de peluca antigua, de pastel, de embutido; alargadas, retorcidas, verticales, horizontales; solitarias, en grupo; humeantes, agrietadas, lisas, puntiagudas, redondas, aplastadas...; algunas hasta parece que tienen vida propia.

En total vi veintitrés cacas frescas en todo el parque.

Algún día igual hago un trabajo sobre los tipos de cacas de perro para conocimiento del medio.

A lo que íbamos. Mientras pegábamos nuestros carteles, llegaron al parque Narcisa y su pandilla para pegar los suyos. En cada cartel había tres fotografías de la *Casiguapa*. En la primera fotografía se la veía en clase sentada en su pupitre. En la segunda, caminaba por la calle hablando por el móvil. En la tercera, estaba en su casa leyendo una revista de moda. Sobre las fotos ponía:

Narcisa de día
Narcisa de tarde
Narcisa de noche

En cada foto llevaba ropa y joyas diferentes. ¡Y hasta se había maquillado! ¡Prrrrr!

NARCISA DE DÍA
NARCISA DE TARDE
NARCISA
DE NOCHE

Yo me di cuenta de que Narcisa estaba todo el rato mirándonos y riéndose. Al pasar cerca de ella oí cómo le decía a Jonás *Superglú*:

—¡Qué poco *glamur* tienen!

Cuando acabamos de pegar carteles, las dos pandillas hicimos lo mismo: sentarnos cada una en un extremo del parque para ver si la gente los miraba. La *Casiguapa* se tuvo que chinchar: delante de nuestros car-

teles hacían corro los que habían sacado a pasear a sus perros, y también las mamás y los papás que habían sacado a pasear a sus hijos, pero los suyos no los miraba casi nadie. En todo el tiempo que estuvimos, sólo se paró una niña frente a un cartel de la *Casiguapa*, se rascó la cabeza y luego se marchó cantando:

—*Antes muerta que sensilla, que sensilla...*

Poco después ocurrió algo increíble. El guarrocaca de la corbata llegó al parque con su perro. Mis amigas y yo lo seguimos con la mirada. Se quedó mirando uno de nuestros carteles, luego se miró los calcetines... y cuando su perro hizo caca... ¡Milagro! ¡La recogió con una bolsa y la tiró a la papelera!

Las cuatro nos levantamos a la vez del banco y empezamos a aplaudir. Nuestra campaña había empezado bien.

Ahora lo que teníamos que hacer era encontrar a un famoso que quisiera participar en ella, y organizar un concurso.

9. El famoso y el concurso

El problema es que en nuestra ciudad no hay mucha gente famosa. La persona más famosa que ha habido en los últimos tiempos fue un alcalde que tuvimos el año pasado. Lo sacaron en los telediarios y todo, cuando lo llevaron a juicio, pero estaba en la cárcel.

Otro personaje famoso de la ciudad es Robustiano Bracamonte, que sale en los libros del cole y en las enciclopedias. Hasta le han hecho una estatua en el parque. En ella está de pie, al lado de su burro. Con la mano izquierda sujeta las riendas y

con la derecha señala hacia el frente. En el pedestal pone:

A ROBUSTIANO BRACAMONTE,
HIJO ILUSTRE DE ESTA CIUDAD.
EL PRIMER HOMBRE QUE ESCALÓ
EL TOCHOPURNA EN BURRO.

Para quien no lo sepa, creo que el Tochopurna es una montaña del Himalaya o de por ahí.

Lo malo es que Robustiano se había muerto hace una pila de años, lo teníamos difícil para que participara en la campaña. Menos mal que a Andrea se le ocurrió una idea. Dijo:

—¿Y por qué tiene que estar vivo? ¿Acaso no utilizan en los anuncios fotos de famosos? Pues nosotras podemos usar la estatua de un famoso. Y además es mejor que una foto, porque se ve más.

A todas nos pareció una idea estupenda, y nos pusimos manos a la obra. Con cartón, hicimos una papelera como las del parque. Con papel maché, algo parecido a las cacas de burro. Las metimos en una bolsa transparente y enganchamos la bolsa en la mano que la estatua de Robustiano tenía extendida. Junto a la mano, colocamos la papelera de cartón. En el pedestal pusimos un letrero que decía:

YO NO SOY
UN GUARROCACA

Lo que queríamos dar a entender es que Robustiano había recogido la caca de su burro y la estaba echando en la papelera.

Todo esto lo hicimos después de comer, de camino al cole, porque a esa hora el parque está casi vacío y no queríamos que nadie nos viera

subidas a la estatua, por si nos ganábamos una bronca.

De paso, aprovechamos para pegar por todo el parque carteles de un concurso que nos habíamos inventado. Lo escribimos fijándonos en lo que ponía en una carta de propaganda que habían echado en el buzón de Inés.

También de este cartel he hecho una fotocopia reducida para que lo veáis.

Era un concurso de mentirijillas, claro está. Pero ¿qué sería de la publicidad sin las mentirijillas?

No era cierto lo del premio, ni habíamos hecho una clasificación. Lo que queríamos era darle emoción a la cosa, como hacen en algunos concursos de la tele.

¡Buscamos al campeón de los guarrocacas!

La persona que mayor cantidad
de cacas deje sin recoger,
ganará un magnífico
Surtido de cacas de todos
los tamaños, que le enviaremos
a su lugar de trabajo.

¡PUEDE SER USTED!

Estado actual de la clasificación:

Señor A: .... 7 puntocacas

Señor B: .... 5 puntocacas

Señora C: .... 4 puntocacas

Pegamos los carteles a toda prisa y nos fuimos corriendo al cole, que entre unas cosas y otras se nos había hecho muy tarde.

10. Cuatro sorpresas

Después de merendar, mis amigas y yo volvimos al parque para ver qué tal iba nuestra campaña. Nos llevamos cuatro sorpresas.

PRIMERA SORPRESA
Habían arrancado casi todos nuestros carteles. Curiosamente, todos los de Narcisa estaban intactos (salvo uno, al que alguien le había pintado bigote). No hace falta ser de esos detectives de película para adivinar quién los había arrancado. ¡Qué envidiosa!

SEGUNDA SORPRESA
Narcisa la *Casiguapa* y su pandilla habían hecho un cartel nuevo para

su campaña (claro, como el otro había tenido tan poco éxito). En él aparecía Narcisa vestida con su ropa más cara. Varias flechas señalaban las diferen-

tes prendas y el precio de cada una. El texto decía: «Narcisa, la que más vale».

TERCERA SORPRESA

Había un montón de gente alrededor de la estatua de Robustiano, mirando con cara divertida los cambios que habíamos hecho en ella. Algunos hasta le hacían fotos.

También había mucha gente mirando los pocos carteles del concurso que no habían sido arrancados. Mis amigas y yo dimos una vuelta por el parque haciéndonos las distraídas y, al pasar, oímos frases sueltas como éstas:

—¿Quién será el señor *A*?

—Yo creo que la señora *C* es esa mujer del caniche que lleva una peluca a juego con su perro.

—¿Os habéis dado cuenta de que, desde que empezó la campaña esta, en el parque hay menos cacas?

Aquella tarde nuestra campaña era el principal tema de conversación en el parque. No se hablaba más que de la estatua, del concurso y de los guarrocacas.

Sin embargo, el nuevo cartel de la *Casiguapa* tenía tan poco éxito como el anterior. Sólo vi a un grupo de chicos mirando su cartel con atención. Eran los de la banda del Pato, unos chavales a los que habían expulsado del instituto porque se dedicaban a robar a otros chicos para quitarles el dinero y la ropa. Me di cuenta de que uno de ellos arrancaba un cartel de la *Casiguapa* con mucho cuidado y se lo guardaba en el bolsillo. ¡Huy, huy, huy!

CUARTA SORPRESA

Como había pasado exactamente un día desde que nuestra campaña comenzó, volví a contar las cacas frescas para ver si había menos. Y no os lo vais a creer, ¡había sólo tres en todo el parque!

Ya lo podíamos decir: nuestra campaña había sido un éxito.

Hicimos un corro las cuatro cogidas de las manos y empezamos a dar vueltas, cantando:

—¡Somos las mejores! ¡Somos las mejores!

11. ¡Una sorpresa más...!

... Y, la mayor de todas, la recibí el jueves en el cole. Jacinto entró en clase acompañado de un señor con la tripa muy gorda y la cabeza como la tripa. Tenía cara de haber sido un empollón de niño. Jacinto dijo:

—Buenos días, os presento a Santiago, un periodista que trabaja en el *Diario Regional*. Según me ha contado, parece que una de las campañas de publicidad que habéis hecho para el trabajo de lengua ha tenido una repercusión inesperada, y ha venido a entrevistar al equipo que la ha creado, que es...

La *Casiguapa* y su pandilla empezaron a ponerse nerviosos. La

Blandiblú no dejaba de dar saltitos en el asiento, a Jonás le entró un ataque de risa y Narcisa se peinaba constantemente con la mano. Estaban seguros de que el periodista había venido a entrevistarlos a ellos. Jacinto continuó hablando:

—Inés, Andrea, Rosa, Ruth, levantaos, que Santiago quiere conoceros.

Mis amigas y yo nos quedamos blancas de asombro. Bueno… salvo Inés, que como es negra se quedó marrón. La *Casiguapa* y su pandilla no se lo podían ni creer. No hacían más que mirarse entre ellos abriendo y cerrando mucho los ojos.

Jacinto nos presentó al periodista y éste nos explicó que la tarde anterior,

paseando por el parque, le había llamado la atención la estatua de Robustiano que nosotras habíamos convertido en anuncio. También vio nuestros carteles y quiso saber quién era el autor de la campaña. Una señora le dijo que había visto que los carteles los pegaban unas niñas. Otra señora, que era vecina de Inés, le contó que conocía a una de las niñas y que sabía a qué colegio iba. Todos coincidían en que el parque estaba

mucho más limpio desde que comenzó la campaña. Al periodista le pareció que se podía escribir un reportaje interesante sobre este asunto, así que vino al cole para conocernos y entrevistarnos.

Nos hizo un montón de preguntas en la misma clase, delante de todos nuestros compañeros, y nos sacó una foto con Jacinto. La *Casiguapa* se mordía las uñas de envidia.

Antes de marcharse, el periodista nos dijo que el reportaje iba a salir en el periódico del día siguiente.

Y así fue. Por la mañana, cuando entré a la cocina para desayunar, mi madre ya había comprado el periódico y lo había dejado abierto sobre la mesa. El reportaje ocupaba dos páginas nada menos. En él se conta-

ba, desde el principio hasta el final, cómo había sido nuestra campaña, y salían las fotos de nuestros dos carteles, de la estatua de Robustiano y la que nos habían hecho con Jacinto (estábamos los cinco guapísimos).

El teléfono no dejó de sonar en todo el día. Eran mis familiares y los

amigos de mis padres, llamaban para decir la ilusión que les había hecho verme en el *Diario Regional*. También llamó el presidente de la Asociación de Basureros: celebraban una cena anual y querían que en la de este año mis amigas y yo fuéramos sus invitadas de honor.

Pero nosotras no fuimos las únicas del cole que salimos en el periódico ese día.

12. Cinco niñas famosas

En la sección de sucesos del *Diario Regional* apareció esta noticia:

F. B. L. y J. C. CH., dos menores pertenecientes a la banda del Pato, fueron detenidos anoche mientras intentaban atracar a una niña de 8 años en el Parque de Robustiano.

Según declaró un testigo, que vio los hechos desde su ventana, la niña, que responde a las iniciales N. S., acudió al parque con una bolsa llena de cacas de perro y se dedicó a repartirlas cuidadosamente por la zona infantil. Su labor fue interrumpida por los dos delincuentes que, a punta de navaja, trataron de robarle la ropa. Una patrulla de la policía, alertada por el testigo, consiguió frustrar el atraco. La niña fue trasladada a comisaría junto con los dos delincuentes y permaneció en ella hasta que sus padres acudieron a buscarla. En todo este tiempo la policía no consiguió que les explicara por qué estaba esparciendo cacas de perro por el parque. Según fuentes policiales es muy probable que la niña sea castigada obligándola a recoger las cacas del parque durante una semana.

En la fotografía, la cara de la niña estaba tapada para que no se la reconociera, pero por las iniciales y por la ropa supe enseguida quién era:

Narcisa la *Casiguapa.* No hace falta ser muy lista para entender lo que pasó. La envidiosa de ella estaba celosa del éxito de nuestra campaña y, para hacerla fracasar, no se le ocurrió mejor idea que recoger por la calle cacas de perro y repartirlas por el parque (qué poco *glamur*). Pero tuvo la mala suerte de que los de la banda del Pato, que la habían visto en los carteles y sabían la ropa tan cara que usa, la reconocieran e intentaran robarla. Pero tuvo la buena suerte de que la policía evitara el atraco. Pero tuvo la mala suerte de que en la comisaría hubiera un periodista en busca de noticias y la sacara en el periódico.

¡Qué cosas! Al final Narcisa había conseguido algo parecido a ser famosa, aunque no creo que ésta fuera la fama que buscara. Todos los niños del cole se enteraron de la noticia. Desde entonces, ya no la llaman la *Casiguapa*, la llaman la *Cacasiguapa*.

Las que nos hicimos famosas, y sin buscarlo, fuimos mis amigas y yo. Después de salir en el periódico, la gente nos reconocía por la calle, muchos nos felicitaban y algunos hasta nos daban caramelos.

Y, claro, ocurrió lo que tenía que ocurrir. Como nos habíamos convertido en las niñas más famosas de la ciudad, una cadena de hamburgueserías nos fichó para un anuncio. Seguro que muchos de vosotros lo habéis visto, apareció en un montón de vallas publicitarias. Es ése en el que estamos Andrea, Inés, Ruth y yo comiéndonos una hamburguesa cada una. En él pone:

Comen hamburguesas porque son listas...
¿O son listas porque comen hamburguesas?

Vosotros sabéis que lo que a mí de verdad me gustan son los bocadillos de jamón, y que la inteligencia no aumenta por comer hamburguesas, pero así es la publicidad.

Índice